AF458853

ÉVALUATION
ET TARIF

DU PRIX QUE DOIVENT ÊTRE payées aux Hôtels des Monnoies & Bureaux de Change, les Espéces & matieres d'Or & d'Argent, conformément aux Arrêts du Conseil des 15 Septembre & 26 Décembre 1771.

On y a ajouté pour la commodité des Changeurs, Orfévres & autres, l'Evaluation par marcs, onces, gros, deniers & grains, des karats & trente-deuxiémes d'Or fin, ainsi que pour les deniers & grains de fin d'Argent.

A METZ,
Chez JEAN-BAPTISTE COLLIGNON,
Imprimeur de la Monnoie.

M. DCC. LXXIV.

ARREST
DU CONSEIL D'ÉTAT DU ROI,
ET LETTRES PATENTES SUR ICELUI,

Du 15 Septembre 1771.

Qui fixent le prix auquel les matieres d'Or & d'Argent, seront reçues au Change des Hôtel des Monnoies.

Régistrées en la Cour des Monnoies le 27 Septembre 1771.

Extrait des Régistres du Conseil d'Etat.

LE ROI s'étant fait rendre compte, en son Conseil, des dépenses générales & des dépenses locales de ses Monnoies, ainsi que des tarifs & arrêts par lesquels le titre des diverses espéces étrangeres est admis & indiqué au change desdites Monnoies; Sa Majesté auroit reconnu que, ſur certaines matieres, Elle a fait au public une remiſe entiere de ſon droit de ſeigneuriage, mais que d'autres n'ont pas encore participé à cet avantage : Que par des expériences en grand il auroit été conſtaté que le titre de diverſes fabrications étrangeres a changé de maniere que, ſur un grand nombre, les Négocians ne reçoivent pas tout le fin qu'elles contiennent, tandis que d'autres ſont payées au-delà de leur valeur intrinſéque, ce qui porte préjudice à ſes finances : Que ces inégalités peuvent nuire au commerce de ſes ſujets qu'Elle veut encourager de plus en plus, en bornant la retenue ſur le prix des matieres brutes, aux dépenſes indiſpenſables qu'entraîne cette adminiſtration. A quoi voulant pourvoir : Ouï le rapport du ſieur Abbé Terray, Conſeiller ordinaire au Conſeil royal, Contrôleur général des finances ; LE ROI

ÉTANT EN SON CONSEIL, a ordonné & ordonne, qu'à compter du jour de la publication du préſent arrêt & du tarif y annexé, les matieres d'Argent ſeront payées au change des Hôtels des Monnoies, ſur le pied de quarante-huit livres neuf ſols le marc des matieres d'argent contenant dix deniers vingt-un grains de fin, ce qui revient à trois ſols huit deniers cent quarante-quatre deux cens ſoixante-uniémes de denier par grain de fin; & les matieres d'Or, ſur le pied de ſept cens neuf livres le marc, au titre de vingt-un karats vingt-deux trente-deuxiémes, ce qui revient à vingt ſols cinq deniers cent trente ſix cens quatre-vingt-quatorziémes de denier par trente-deuxiéme de karat: Entend néanmoins Sa Majeſté, à l'égard des matieres inférieures au titre de dix deniers vingt-un grains pour l'argent, & de vingt-un karats vingt-deux trente-deuxiémes pour l'Or, que les affinages dont besoin pourroit être pour les porter aux titres susdits, soient à la charge des porteurs desdites matieres, sur quoi ils s'arrangeront de gré à gré avec lesdits Directeurs, lesquels ne pourront cependant excéder les prix accordés par marc de fin, résultant desdits affinages, aux offices d'Affineurs établis à Paris & à Lyon; & seront tenus lesdits Directeurs, de donner aux porteurs desdites matieres susceptibles d'affinage, un reçu motivé de ce qui leur aura été payé à raison de ladite opération : Défend en conséquence Sa Majesté auxdits Directeurs, de passer aucune dépense d'affinage dans leurs comptes. Veut & entend Sa Majesté, que le titre des matieres apportées au change, soit évalué sur le pied du tarif annexé au présent arrêt, sauf les variations qui pourroient subvenir sur les titres, & auxquelles il sera pourvu suivant l'exigence des cas ; & que les Directeurs de ses Monnoies soient chargés en recette de fin sur ledit pied, de maniere que sur leurs régistres le prix soit représentatif du titre, & le titre représentatif du prix : Et pour ce qui concerne les matieres non énoncées au présent tarif, permet Sa Majesté aux porteurs desdites matieres, lorsque le poids excédera un marc d'argent & une demi-once d'or, de requérir à leurs frais, la fonte & l'essai en leur présence, pour être payés de la valeur relative au titre & au poids résultant desdites fonte & essai. Ordonne Sa Majesté, que les lingots, quoique paraphés dans d'autres Monnoies, seront de nouveau essayés par l'Essayeur résidant en la Monnoie où ils seront portés au change, à moins qu'ils ne se trouvassent paraphés conjointement par l'Essayeur général & l'Essayeur particulier résidant en la Monnoie de

Paris : Et ſeront ſur le préſent arrêt toutes Lettres néceſſaires expédiées. FAIT au Conſeil d'Etat du Roi, Sa Majeſté y étant, tenu à Verſailles le quinze Septembre mil ſept cent ſoixante-onze.

Signé, PHELYPEAUX.

Lû, publié & regiſtré, l'audience tenant, ouï & ce requérant le Procureur général du Roi, pour être ſuivi & exécuté ſelon ſa forme & teneur; & ce du très-exprès commandement de Sa Majeſté, porté par le ſieur DE CHAUMONT DE LA GALAIZIERE, Conſeiller ordinaire du Roi en ſon Conſeil d'Etat, & Conſeiller d'honneur au Parlement de Paris. FAIT en la Cour des Monnoies, les Semeſtres aſſemblés, le vingt-ſeptiéme jour de Septembre mil ſept cent ſoixante-onze. Signé, GUEUDRÉ.

OPÉRATION

DÉTAILLÉE PAR MARCS, Onces, Gros, Deniers & Grains,

de l'évaluation & tarif, du prix que les Directeurs des Monnoies & les Changeurs payeront des matieres d'or & d'argent, suivant leur titre, conformément à ce qui a été fixé par l'Arrêt du Conseil d'Etat du Roi, & Lettres patentes sur icelui, du 15 Septembre 1771, régistrées en la Cour des Monnoies le 27 du même mois.

ESPÉCES D'OR.

23 Karats $\frac{29}{32}$.

Sequins Foundoukly de Turquie; Sequins de Vénise.

	liv.	sols.	den.	
1 Marc . .	781	10	8	$\frac{208}{694}$es.
4 onces . .	390	15	4	

	liv.	sols.	den.
2 onces . .	195	7	8
1 once . .	97	13	10
4 gros . . .	48	16	11
2 gros . . .	24	8	5
1 gros . . .	12	4	2
1 denier . .	4	1	4
12 grains . .	2	»	8
6 grains . .	1	»	4
3 grains . .	»	10	2
1 grain . .	»	3	4

---

23 Karats $\frac{28}{32}$.

Sequins de Gênes.

	liv.	sols.	den.	
1 Marc . .	780	10	3	$\frac{78}{694}$ es.
4 onces . .	390	5	1	
2 onces . .	195	2	6	
1 once . .	97	11	3	
4 gros . . .	48	15	7	
2 gros . . .	24	7	9	
1 gros . . .	12	3	10	

	liv.	sols.	den.
1 denier . .	4	1	3
12 grains . .	2	»	7
6 grains . .	1	»	3
3 grains . .	»	10	1
1 grain . .	»	3	4

---

23 Karats $\frac{27}{32}$.

Sequins de Florence, au lys.

	liv.	sols.	den.	
1 Marc . .	779	9	9	$\frac{642}{694}$es.
4 onces . .	389	14	10	
2 onces . .	194	17	5	
1 once . .	97	8	8	
4 gros . . .	48	14	4	
2 gros . . .	24	7	2	
1 gros . . .	12	3	7	
1 denier . .	4	1	2	
12 grains . .	2	»	7	
6 grains . .	1	»	3	
3 grains . .	»	10	1	
1 grain . .	»	3	4	

23 Karats $\frac{25}{32}$.

Sequins de Florence, à l'effigie.

	liv.	sols. den.		
1 Marc . .	777	8	11	$\frac{382}{694}$es.
4 onces . .	388	14	5	
2 onces . .	194	7	2	
1 once . .	97	3	7	
4 gros . . .	48	11	9	
2 gros . . .	24	5	10	
1 gros . . .	12	2	11	
1 denier . .	4	»	11	
12 grains . .	2	»	5	
6 grains . .	1	»	2	
3 grains . .	»	10	1	
1 grain . .	»	3	4	

23 Karats $\frac{21}{32}$.

Sequins de Piedmont, à l'annonciade.

	liv.	sols.	den.	
1 Marc . .	773	7	2	$\frac{556}{694}$es.
4 onces . .	386	13	7	

	liv.	sols.	den.	
2 onces . .	193	6	9	
1 once . .	96	13	4	
4 gros . . .	48	6	8	
2 gros . . .	24	3	4	
1 gros . . .	12	1	8	
1 denier . .	4	»	6	
12 grains . .	2	»	3	
6 grains . .	1	»	1	
3 grains . .	»	10	»	
1 grain . .	»	3	4	

23 Karats $\frac{20}{32}$.

Ducats d'Autriche, Hongrie & Bohême.

	liv.	sols.	den.	
1 Marc . .	772	6	9	$\frac{426}{694}$es.
4 onces . .	386	3	4	
2 onces . .	193	1	8	
1 once . .	96	10	10	
4 gros . . .	48	5	5	
2 gros . . .	24	2	8	
1 gros . . .	12	1	4	

	liv.	ſols.	den.
1 denier. .	4	»	5
12 grains . .	2	»	2
6 grains . .	1	»	1
3 grains . .	»	10	»
1 grain . .	»	3	4

---

23 Karats $\frac{18}{32}$.

Francs à pied & à cheval; Agnelets de France.

	liv.	ſols.	den.	
1 Marc . .	770	5	11	$\frac{166}{694}$es.
4 onces . .	385	2	11	
2 onces . .	192	11	5	
1 once . .	96	5	8	
4 gros. . .	48	2	10	
2 gros. . .	24	1	5	
1 gros. . .	12	»	8	
1 denier. .	4	»	2	
12 grains . .	2	»	1	
6 grains . .	1	»	»	
3 grains . .	»	10	»	
1 grain . .	»	3	4	

23 Karats $\frac{17}{32}$.

Ducats de l'Empereur, de Hambourg, de Francfort; Ducats fins de Danemarck.

		liv.	sols.	den.	
1	Marc . .	769	5	6	$\frac{36}{694}$es.
4	onces . .	384	12	9	
2	onces . .	192	6	4	
1	once . .	96	3	2	
4	gros . . .	48	1	7	
2	gros . . .	24	»	9	
1	gros . . .	12	»	4	
1	denier . .	4	»	1	
12	grains . .	2	»	»	
6	grains . .	1	»	»	
1	grain . .	»	3	4	

23 Karats $\frac{15}{32}$.

Ducats d'Allemagne ad legem

imperii, *de Prusse, & d'Hollande, aussi* ad legem imperii.

	liv.	sols.	den.	
1 Marc . .	767	4	7	$\frac{470}{694}$es.
4 onces . .	383	12	3	
2 onces . .	191	16	1	
1 once . .	95	18	»	
4 gros . . .	47	19	»	
2 gros . . .	23	19	6	
1 gros . . .	11	19	9	
1 denier . .	3	19	11	
12 grains . .	1	19	11	
6 grains . .	»	19	11	
1 grain . .	»	3	3	

---

23 Karats $\frac{13}{32}$.

Sequins de Malthe; Ducats de Pologne, & de Suéde.

	liv.	sols.	den.	
1 Marc . .	765	3	9	$\frac{210}{694}$es.
4 onces . .	382	11	10	
2 onces . .	191	5	11	

	liv.	sols.	den.
1 once . .	95	12	11
4 gros . . .	47	16	5
2 gros . . .	23	18	2
1 gros . . .	11	19	1
1 denier . .	3	19	8
12 grains . .	1	19	10
6 grains . .	»	19	11
1 grain . .	»	3	3

---

23 Karats $\frac{11}{32}$.

ucats à l'aigle déployée de Russie.

	liv.	sols.	den.	
1 Marc . .	763	2	10	$\frac{644}{694}$es.
4 onces . .	381	11	5	
2 onces . .	190	15	8	
1 once . .	95	7	10	
4 gros . . .	47	13	11	
2 gros . . .	23	16	11	
1 gros . . .	11	18	5	
1 denier . .	3	19	5	
12 grains . .	1	19	8	

	liv.	sols.	den.
6 grains . .	»	19	10
1 grain . .	»	3	3

---

23 Karats $\frac{15}{32}$.

Ducats de Hesse-Darmstad ; Ducats à la Croix de Saint André, de Russie.

	liv.	sols.	den.	
1 Marc . .	757	»	3	$\frac{558}{694}$es.
4 onces . .	378	10	1	
2 onces . .	189	5	»	
1 once . .	94	12	6	
4 gros . . .	47	6	3	
2 gros . . .	23	13	1	
1 gros . . .	11	16	6	
1 denier . .	3	18	10	
12 grains . .	1	19	5	
6 grains . .	»	19	8	
1 grain . .	»	3	3	

22 Karats $\frac{21}{32}$.

Sequins de Rome.

	liv.	ſols.	den.	
1 Marc . .	740	13	4	$\frac{566}{694}$es.
4 onces . .	370	6	8	
2 onces . .	185	3	4	
1 once . .	92	11	8	
4 gros . . .	46	5	10	
2 gros . . .	23	2	11	
1 gros . . .	11	11	5	
1 denier . .	3	17	1	
12 grains . .	1	18	6	
6 grains . .	»	19	3	
1 grain . .	»	3	2	

22 Karats $\frac{16}{32}$.

Écus d'or de France.

	liv.	ſols.	den.	
1 Marc . .	735	11	2	$\frac{604}{694}$es.
4 onces . .	367	15	7	

	liv.	sols.	den.
2 onces . .	183	17	9
1 once . .	91	18	10
4 gros . . .	45	19	5
2 gros . . .	22	19	8
1 gros . . .	11	9	10
1 denier . .	3	16	7
12 grains . .	1	18	3
6 grains . .	»	19	1
1 grain . .	»	3	2

---

21 Karats $\frac{31}{32}$.

Souverains de Flandres, & Pays-bas Autrichiens, & Impériales de Russie.

	liv.	sols.	den.	
1 Marc . .	718	3	10	$\frac{476}{694}$ es.
4 onces . .	359	1	11	
2 onces . .	179	10	11	
1 once . .	89	15	5	
4 gros . . .	44	17	8	
2 gros . . .	22	8	10	
1 gros . . .	11	4	5	

	liv.	ſols.	den.
1 denier. .	3	14	9
12 grains . .	1	17	4
6 grains . .	»	18	8
1 grain . .	»	3	1

---

21 Karats $\frac{30}{32}$.

Guinées d'Angleterre, Portugaiſes & Millerets de Portugal.

	liv.	ſols.	den.	
1 Marc . .	717	3	5	$\frac{346}{694}$es.
4 onces . .	358	11	8	
2 onces . .	179	5	10	
1 once . .	89	12	11	
4 gros. . .	44	16	5	
2 gros. . .	22	8	2	
1 gros. . .	11	4	1	
1 denier. .	3	14	8	
12 grains . .	1	17	4	
6 grains . .	»	18	8	
1 grain . .	»	3	1	

21 Karats $\frac{29}{32}$.

Pistoles de Geneve, de Florence, & Rider de Hollande.

	liv.	sols.	den.	
1 Marc . .	716	3	»	$\frac{216}{694}$es.
4 onces . .	358	1	6	
2 onces . .	179	»	9	
1 once . .	89	10	4	
4 gros . . .	44	15	2	
2 gros . . .	22	7	7	
1 gros . . .	11	3	9	
1 denier . .	3	14	7	
12 grains . .	1	17	3	
6 grains . .	»	18	7	
1 grain . . .	»	3	1	

21 Karats $\frac{26}{32}$.

Pistoles d'Espagne, au Balancier, aux Armes & à l'Effigie.

	liv.	sols.	den.	
1 Marc . .	713	1	8	$\frac{520}{694}$es.

	liv.	sols.	den.
4 onces . .	356	10	10
2 onces . .	178	5	5
1 once . .	89	2	8
4 gros . . .	44	11	4
2 gros . . .	22	5	8
1 gros . . .	11	2	10
1 denier . .	3	14	3
12 grains . .	1	17	1
6 grains . .	»	18	6
1 grain . .	»	3	1

---

21 Karats $\frac{25}{32}$.

Louis de France avant 1709, de 36 $\frac{1}{2}$ au marc ; Pistoles du Mexique, & Roupies d'or du Mogol.

	liv.	sols.	den.	
1 Marc . .	712	1	3	$\frac{390}{694}$es.
4 onces . .	356	»	7	
2 onces . .	178	»	3	
1 once . .	89	»	1	
4 gros . . .	44	10	»	
2 gros . . .	22	5	»	

	liv.	sols.	den.
1 gros. . .	11	2	6
1 denier. .	3	14	2
12 grains . .	1	17	1
6 grains . .	»	18	6
1 grain. . .	»	3	1

---

21 Karats $\frac{22}{32}$.

Louis de France de 1716, de 20 au marc, & de 1718, de 25 au marc.

	liv.	sols.	den.
1 Marc . .	709	»	»
4 onces . .	354	10	»
2 onces . .	177	5	»
1 once. . .	88	12	6
4 gros. . .	44	6	3
2 gros. . .	22	3	1
1 gros. . .	11	1	6
1 denier. .	3	13	10
12 grains . .	1	16	11
6 grains . .	»	18	5
1 grain. .	»	3	»

22 Karats $\frac{21}{32}$.

Louis de France de 1709 à 1715, de 30 au marc, & Pistoles d'or de Piémont depuis 1755.

	liv.	sols.	den.	
1 Marc . .	707	19	6	$\frac{564}{594}$es.
4 onces . .	353	19	9	
2 onces . .	176	19	10	
1 once. . .	88	9	11	
4 gros . . .	44	4	11	
2 gros . . .	22	2	5	
1 gros . . .	11	1	2	
1 denier . .	3	13	8	
12 grains . .	1	16	10	
6 grains . .	»	18	5	
1 grain . .	»	3	»	

21 Karats $\frac{20}{32}$.

Florins de Brunswick.

	liv.	sols.	den.	
1 Marc . .	706	19	1	$\frac{434}{694}$es.

	liv.	sols.	den.
4 onces . .	353	9	6
2 onces . .	176	14	9
1 once. . .	88	7	4
4 gros. . .	44	3	8
2 gros. . .	22	1	10
1 gros. . .	11	»	11
1 denier . .	3	13	7
12 grains . .	1	16	9
6 grains . .	»	18	4
1 grain . .	»	3	»

21 Karats $\frac{19}{32}$.

Louis de France de 1723, de $37\frac{1}{2}$ au marc, & nouvelles Pistoles d'Espagne de la fabrication commencée en 1772.

	liv.	sols.	den.	
1 Marc . .	705	18	8	$\frac{305}{696}$es.
4 onces . .	352	19	4	
2 onces . .	176	9	8	
1 once. . .	88	4	10	

4 gros

	liv.	sols.	den.
4 gros . . .	44	2	5
2 gros . . .	22	1	2
1 gros . . .	11	»	7
1 denier . .	3	13	6
12 grains . .	1	16	9
6 grains . .	»	18	4
1 grain. . .	»	3	»

---

21 Karats $\frac{18}{32}$.

Pistoles du Palatinat.

	liv.	sols.	den.	
1 Marc . .	704	18	3	$\frac{174}{694}$es.
4 onces . .	352	9	1	
2 onces . .	176	4	6	
1 once . .	88	2	3	
4 gros . . .	44	1	1	
2 gros . . .	22	»	6	
1 gros . . .	11	»	3	
1 denier . .	3	13	5	
12 grains . .	1	16	8	
6 grains . .	»	18	4	
1 grain . .	»	3	»	

21 Karats $\frac{17}{32}$.

Pistoles du Pérou.

	liv.	sols.	den.	
1 Marc . .	703	17	10	$\frac{44}{694}$es.
4 onces . .	351	18	11	
2 onces . .	175	19	5	
1 once . .	87	19	8	
4 gros . . .	43	19	10	
2 gros . . .	21	19	11	
1 gros . . .	10	19	11	
1 denier . .	3	13	3	
12 grains . .	1	16	7	
6 grains . .	»	18	3	
1 grain . .	»	3	»	

21 Karats $\frac{13}{32}$.

Piéces à la Rose, de Florence, & vieilles Pistoles de Piémont.

	liv.	sols.	den.	
1 Marc . .	699	16	1	$\frac{218}{694}$es.
4 onces . .	349	18	»	

	liv.	sols.	den.
2 onces . .	174	19	»
1 once . .	87	9	6
4 gros . . .	43	14	9
2 gros . . .	21	17	4
1 gros . . .	10	18	8
1 denier . .	3	12	10
12 grains . .	1	16	5
6 grains . .	»	18	2
1 grain . .	»	3	»

---

21 Karats $\frac{9}{32}$.

Albertus & Ecus d'or, de Flandre, & des Pays-bas Autrichiens.

	liv.	sols.	den.	
1 Marc . .	695	14	4	$\frac{392}{694}$es.
4 onces . .	347	17	2	
2 onces . .	173	18	7	
1 once . .	86	19	3	
4 gros . . .	43	9	7	
2 gros . . .	21	14	9	
1 gros . . .	10	17	4	

	liv.	sols.	den.
1 denier . .	3	12	5
12 grains . .	1	16	2
6 grains . .	»	18	1
1 grain . .	»	3	»

---

20 Karats $\frac{29}{32}$.

Ducats courans de Danemarck, Onces de Naples, & Sequins de Tunis.

	liv.	sols.	den.	
1 Marc . .	683	9	2	$\frac{220}{694}$es.
4 onces . .	341	14	7	
2 onces . .	170	17	3	
1 once . .	85	8	7	
4 gros . . .	42	14	3	
2 gros . . .	21	7	1	
1 gros . . .	10	18	6	
1 denier . .	3	11	2	
12 grains . .	1	15	7	
6 grains . .	»	17	9	
1 grain . .	»	2	11	

20 Karats $\frac{5}{32}$.

Onces de Siciles.

	liv.	sols.	den.	
1 Marc . .	658	18	9	$\frac{560}{694}$es.
4 onces . .	329	9	4	
2 onces . .	164	14	8	
1 once . .	82	7	4	
4 gros . . .	41	3	8	
2 gros . . .	20	11	10	
1 gros . . .	10	5	11	
1 denier . .	3	8	7	
12 grains . .	1	14	3	
6 grains . .	»	17	1	
1 grain . .	»	2	10	

19 Karats $\frac{21}{32}$.

Zeramabouck de Turquie.

	liv.	sols.	den.	
1 Marc . .	642	11	10	$\frac{572}{694}$es.
4 onces . .	321	5	11	

	liv.	sols.	den.
2 onces . .	160	12	11
1 once . .	80	6	5
4 gros . . .	40	3	2
2 gros . . .	20	1	7
1 gros . . .	10	»	9
1 denier . .	3	6	11
12 grains . .	1	13	5
6 grains . .	»	16	8
1 grain . .	»	2	9

---

19 Karats $\frac{13}{32}$.

Pagodes d'or au Croissant, des Indes.

	liv.	sols.	den.	
1 Marc . .	634	8	5	$\frac{226}{694}$es.
4 onces . .	317	4	2	
2 onces . .	158	12	1	
1 once . .	79	6	»	
4 gros . . .	39	13	»	
2 gros . . .	19	16	6	
1 gros . . .	9	18	3	

	liv.	sols.	den.
1 denier . .	3	6	»
12 grains . .	1	13	»
6 grains . .	»	16	6
1 grain . .	»	2	9

---

19 Karats $\frac{5}{32}$.

Pagodes d'or à l'Etoile, des Indes.

	liv.	sols.	den.	
1 Marc . .	626	14	11	$\frac{574}{694}$ es.
4 onces . .	313	7	5	
2 onces . .	156	13	8	
1 once . .	78	6	10	
4 gros. . .	39	3	5	
2 gros. . .	19	11	8	
1 gros. . .	9	15	10	
1 denier. .	3	5	3	
12 grains . .	1	12	7	
6 grains. .	»	16	3	
1 grain . .	»	2	8	

18 Karats $\frac{21}{32}$.

Florins d'Hanovre.

	liv.	ſols.	den.	
1 Marc . .	609	18	»	$\frac{576}{694}$es.
4 onces . .	304	19	»	
2 onces . .	152	9	6	
1 once . .	76	4	9	
4 gros . . .	38	2	4	
2 gros. . .	19	1	2	
1 gros. . .	9	10	7	
1 denier. .	3	3	6	
12 grains . .	1	11	9	
6 grains . .	»	15	10	
1 grain. . .	»	2	7	

18 Karats $\frac{17}{32}$.

Florins du Rhin, & de Heſſe-Darmſtadt.

	liv.	ſols.	den.	
1 Marc . .	605	16	4	$\frac{56}{694}$es.

	liv.	ſols.	den.
4 onces . .	302	18	2
2 onces . .	151	9	1
1 once . .	75	14	6
4 gros. . .	37	17	3
2 gros. . .	18	18	7
1 gros. . .	9	9	3
1 denier. .	3	3	1
12 grains . .	1	11	6
6 grains . .	»	15	9
1 grain . .	»	2	7

18 Karats $\frac{13}{32}$.

Florins du Palatinat de Baviere, & d'Anſpach.

	liv.	ſols.	den.	
1 Marc . .	601	14	7	$\frac{100}{694}$es.
4 onces . .	300	17	3	
2 onces . .	150	8	7	
1 once . .	75	4	3	
4 gros. . .	37	12	1	
2 gros. . .	18	16	»	
1 gros. . .	9	8	»	

	liv.	sols.	den.
1 denier. .	3	2	8
12 grains . .	1	11	4
6 grains . .	»	15	8
1 grain. . .	»	2	7

---

18 Karats $\frac{5}{32}$.

Florins de Bade-Dourlach.

	liv.	sols.	den.	
1 Marc . .	593	11	1	$\frac{578}{694}$es.
4 onces . .	296	15	6	
2 onces . .	148	7	9	
1 once. . .	74	3	10	
4 gros. . .	37	1	11	
2 gros. . .	18	10	11	
1 gros. . .	9	5	5	
1 denier. .	3	1	9	
12 grains . .	1	10	10	
6 grains . .	»	15	5	
1 gros. . .	»	2	6	

A l'égard des autres Matieres & espéces d'Or, elles seront

payées à proportion de leur titre, suivant l'évaluation ci-après.

ÉVALUATION

des Karats d'Or fin.

Sur le piéd de 784l 11f 11d $\frac{598}{694}$es. le marc.

---

1. Karat.

	liv.	sols.	den.	
1 Marc . .	32	13	9	$\frac{690}{694}$es.
4 onces . .	16	6	10	
2 onces . .	8	3	5	
1 once. . .	4	1	8	
4 gros . . .	2	»	10	
2 gros . . .	1	»	5	
1 gros . . .	»	10	2	
1 denier . .	»	3	5	
12 grains . .	»	1	8	
6 grains . .	»	»	10	
1 grain . .	»	»	1	

1 Karat $\frac{16}{32}$.

	liv.	sols.	den.
1 Marc . .	49	»	8
1 once. . .	6	2	7
1 gros . . .	»	15	4
12 grains . .	»	2	6

2 Karats.

	liv.	sols.	den.	
1 Marc . .	65	7	7	$\frac{686}{684}$es.
4 onces . .	32	13	9	
2 onces . .	16	6	10	
1 once. . .	8	3	5	
4 gros . . .	4	1	8	
2 gros . . .	2	»	10	
1 gros . . .	1	»	5	
1 denier . .	»	6	10	
12 grains . .	»	3	5	
6 grains . .	»	1	8	
1 grain . .	»	»	3	

2 Karats

2 Karats $\frac{16}{32}$.

	liv.	sols.	den.
1 Marc . .	81	14	6
1 once. . .	10	4	3
1 gros. . .	1	5	6
12 grains . .	»	4	3

3 Karats.

	liv.	sols.	den.	
1 Marc . .	98	1	5	$\frac{682}{694}$ es.
4 onces . .	49	»	8	
2 onces . .	24	10	4	
1 once . .	12	5	2	
4 gros . . .	6	2	7	
2 gros . . .	3	1	3	
1 gros . . .	1	10	7	
1 denier . .	»	10	2	
12 grains . .	»	5	1	
6 grains . .	»	2	6	
1 grain . .	»	»	5	

3 Karats $\frac{16}{32}$es.

	liv.	sols.	den.
1 Marc . .	114	8 .	. 4
1 once . .	14	6 .	. »
1 gros . .	1	15 .	. 9
12 grains . .	»	5 .	11

4 Karats.

	liv.	sols.	den.
1 Marc . .	130	15 .	. 3 $\frac{678}{694}$es.
4 onces . .	65	7 .	. 7
2 onces . .	32	13	9
1 once . .	16	6	10
4 gros . . .	8	3 .	. 5
2 gros . . .	4	1 .	. 8
1 gros . . .	2	» .	. 10
1 denier . .	»	13	7
12 grains . .	»	6	9
6 grains . .	»	3 .	. 4
1 grain . .	»	» .	6

4 Karats $\frac{16}{32}$.

	liv.	sols.	den.
1 Marc . .	147	2	2
1 once . . .	18	7	9
1 gros . . .	2	5	11
12 grains . .	»	7	7

5 Karats.

	liv.	sols.	den.
1 Marc . . .	163	9	1 $\frac{674}{694}$es
4 onces . .	81	14	6
2 onces . .	40	17	3
1 once . .	20	8	7
4 gros . . .	10	4	3
2 gros . . .	5	2	1
1 gros . . .	2	11	»
1 denier . .	»	17	»
12 grains . .	»	8	6
6 grains . .	»	4	3
1 grain . .	»	»	8

5 Karats $\frac{16}{32}$.

	liv.	sols.	den.
1 Marc . . .	179	16	»
1 once . . .	22	9	6
1 gros . . .	2	16	2
12 grains . .	»	9	4

6 Karats.

	liv.	sols.	den.	
1 Marc . .	196	2	11	$\frac{670}{694}$es.
4 onces . .	98	1	5	
2 onces . .	49	»	8	
1 once . .	24	10	4	
4 gros . . .	12	5	2	
2 gros . . .	6	2	7	
1 gros . . .	3	1	3	
1 denier . .	1	»	5	
12 grains . .	»	10	2	
6 grains . .	»	5	1	
1 grain . .	»	»	10	

6 Karats $\frac{16}{32}$.

	liv.	sols.	den.
1 Marc . .	212	9	10
1 once . .	26	11	2
1 gros . . .	3	6	4
12 grains . .	»	11	»

7 Karats.

	liv.	sols.	den.
1 Marc . .	228	16	9 $\frac{666}{694}$es.
4 onces . .	114	8	4
2 onces . .	57	4	2
1 once . .	28	12	1
4 gros . . .	14	6	»
2 gros . . .	7	3	»
1 gros . . .	3	11	6
1 denier . .	1	3	10
12 grains . .	»	11	11
6 grains . .	»	5	11
1 grain . .	»	»	11

7 Karats $\frac{16}{32}$.

	liv.	sols.	den.
1 Marc . .	245	3	8
1 once . .	30	12	11
1 gros . . .	3	16	7
12 grains . .	»	12	9

8 Karats.

	liv.	sols.	den.	
1 Marc . .	261	10	7	$\frac{662}{694}$ es.
4 onces . .	130	15	3	
2 onces . .	65	7	7	
1 once . .	32	13	9	
4 gros . . .	16	6	10	
2 gros . . .	8	3	5	
1 gros . . .	4	1	8	
1 denier . .	1	7	2	
12 grains . .	»	13	7	
6 grains . .	»	6	9	
1 grain . .	»	1	1	

8 Karats $\frac{16}{32}$.

	liv.	ſols.	den.
1 Marc. . .	277	17	6
1 once. . .	34	14	8
1 gros . . .	4	6	10
12 grains . .	»	14	5

9 Karats.

	liv.	ſols.	den.	
1 Marc . .	294	4	5	$\frac{658}{694}$es.
4 onces . .	147	2	2	
2 onces . .	73	11	1	
1 once . .	36	15	6	
4 gros . . .	18	7	9	
2 gros. . .	9	3	10	
1 gros. . .	4	11	11	
1 denier. .	1	10	7	
12 grains . .	»	15	2	
6 grains . .	»	7	7	
1 grain . .	»	1	3	

9 Karats $\frac{16}{32}$.

	liv.	sols.	den.
1 Marc . .	310	11	4
1 once. . .	38	16	5
1 gros. . .	4	17	»
12 grains . .	»	16	2

10 Karats.

	liv.	sols.	den.
1 Marc . .	326	18	3 $\frac{654}{694}$es.
4 onces . .	163	9	1
2 onces . .	81	14	6
1 once . .	40	17	3
4 gros. . .	20	8	7
2 gros. . .	10	4	3
1 gros. . .	5	2	1
1 denier. .	1	14	»
12 grains . .	»	17	»
6 grains . .	»	8	6
1 grain . .	»	1	5

10 Karats $\frac{16}{32}$.

	liv.	fols.	den.
1 Marc . .	343	5	2
1 once . .	42	18	1
1 gros. . .	5	7	3
12 grains . .	»	17	10

11 Karats.

	liv.	fols.	den.
1 Marc . .	359	12	1 $\frac{650}{694}$
4 onces . .	179	16	»
2 onces . .	89	18	»
1 once . .	44	19	»
4 gros. . .	22	9	6
2 gros. . .	11	4	9
1 gros. . .	5	12	4
1 denier. .	1	17	5
12 grains . .	»	18	8
6 grains . .	»	9	4
1 grain. . .	»	1	6

11 Karats $\frac{16}{32}$.

	liv.	sols.	den.
1 Marc . .	375	19	»
1 once. . .	46	19	10
1 gros . . .	5	17	5
12 grains . .	»	19	6

12 Karats.

	liv.	sols.	den.	
1 Marc . .	392	5	11	$\frac{646}{694}$es.
4 onces . .	196	2	11	
2 onces . .	98	1	5	
1 once . .	49	»	8	
4 gros . . .	24	10	4	
2 gros . . .	12	5	2	
1 gros . . .	6	2	7	
1 denier. .	2	»	10	
12 grains . .	1	»	5	
6 grains . .	»	10	2	
1 grain. . .	»	1	8	

12 Karats $\frac{16}{32}$.

	liv.	sols.	den.
1 Marc . .	408	12	10
1 once . .	51	1	7
1 gros . .	6	7	8
12 grains . .	1	1	3

13 Karats.

	liv.	sols.	den.	
1 Marc . .	424	19	9	$\frac{642}{694}$es.
4 onces . .	212	9	10	
2 onces . .	106	4	11	
1 once . .	53	2	5	
4 gros . .	26	11	2	
2 gros . .	13	5	7	
1 gros . .	6	12	9	
1 denier . .	2	4	3	
12 grains . .	1	2	1	
6 grains . .	»	11	»	
1 grain . .	»	1	10	

13 Karat $\frac{16}{32}$.

	liv.	sols.	den.
1 Marc . .	441	6	8
1 once. . .	55	3	4
1 gros . . .	6	17	11
12 grains . .	1	2	11

14 Karats.

	liv.	sols.	den.	
1 Marc . .	457	13	7	$\frac{658}{694}$ es.
4 onces . .	228	16	9	
2 onces . .	114	8	4	
1 once. . .	57	4	2	
4 gros . . .	28	12	1	
2 gros . . .	14	6	»	
1 gros . . .	7	3	»	
1 denier . .	2	7	8	
12 grains . .	1	3	10	
6 grains . .	»	11	11	
1 grain . .	»	1	11	

14 Karats $\frac{16}{32}$.

	liv.	sols.	den.
1 Marc . .	474	»	6
1 once . . .	59	5	»
1 gros . . .	7	8	1
12 grains . .	1	4	8

15 Karats.

	liv.	sols.	den.	
1 Marc . .	490	7	5	$\frac{634}{694}$es.
4 onces . .	245	3	8	
2 onces . .	122	11	10	
1 once . .	61	5	11	
4 gros . . .	30	12	11	
2 gros . . .	15	6	5	
1 gros . . .	7	13	2	
1 denier . .	2	11	»	
12 grains . .	1	5	6	
6 grains . .	»	12	9	
1 grain . .	»	2	1	

E

15 Karats $\frac{16}{32}$.

	liv.	ſols.	den.
1 Marc . .	506	14	4
1 once. . .	63	6	9
1 gros . . .	7	18	4
12 grains . .	1	6	4

16 Karats.

	liv.	ſols.	den.	
1 Marc . .	523	1	3	$\frac{630}{694}$es.
4 onces . .	261	10	7	
2 onces . .	130	15	3	
1 once . .	65	7	7	
4 gros . . .	32	13	9	
2 gros . . .	16	6	10	
1 gros . . .	8	3	5	
1 denier . .	2	14	5	
12 grains . .	1	7	2	
6 grains . .	»	13	7	
1 grain . .	»	2	3	

16 Karats $\frac{16}{32}$.

	liv.	sols.	den.
1 Marc . .	539	8	2
1 once . . .	67	8	6
1 gros . . .	8	8	6
12 grains . .	1	8	1

17 Karats.

	liv.	sols.	den.	
1 Marc . .	555	15	1	$\frac{626}{694}$es.
4 onces . .	277	17	6	
2 onces . .	138	18	9	
1 once . .	69	9	4	
4 gros . . .	34	14	8	
2 gros . . .	17	7	4	
1 gros . . .	8	13	8	
1 denier . .	2	17	10	
12 grains . .	1	8	11	
6 grains . .	»	14	5	
1 grain . .	»	2	4	

17 Karats $\frac{16}{32}$.

	liv.	fols.	den.
1 Marc . .	572	2	»
1 once . . .	71	10	»
1 gros . . .	8	18	9
12 grains . .	1	9	9

18 Karats.

	liv.	fols.	den.	
1 Marc . .	588	8	11	$\frac{622}{694}$ es.
4 onces . .	294	4	5	
2 onces . .	147	2	2	
1 once . .	73	11	1	
4 gros . . .	36	15	6	
2 gros . . .	18	7	9	
1 gros . . .	9	3	10	
1 denier . .	3	1	3	
12 grains . .	1	10	7	
6 grains . .	»	15	3	
1 grain . .	»	2	6	

18 Karats $\frac{16}{32}$.

	liv.	fols.	den.
1 Marc . .	604	15	10
1 once. . .	75	11	11
1 gros . . .	9	8	11
12 grains . .	1	11	5

19 Karats.

	liv.	fols.	den.	
1 Marc . .	621	2	9	$\frac{618}{694}$ esi
4 onces . .	310	11	4	
2 onces . .	155	5	8	
1 once . .	77	12	10	
4 gros. . .	38	16	5	
2 gros. . .	19	8	2	
1 gros. . .	9	14	1	
1 denier . .	3	4	8	
12 grains . .	1	12	4	
6 grains . .	»	16	2	
1 grain . .	»	2	8	

19 Karats $\frac{16}{32}$.

		liv.	sols.	den.
1	Marc . . .	637	9	8
1	once . .	79	13	8
1	gros . . .	9	19	2
12	grains . .	1	13	2

20 Karats.

		liv.	sols.	den.	
1	Marc . . .	653	16	7	$\frac{614}{694}$es.
4	onces . .	326	18	3	
2	onces . .	163	9	1	
1	once . .	81	14	6	
4	gros . . .	40	17	3	
2	gros . . .	20	8	7	
1	gros . . .	10	4	3	
1	denier . .	3	8	1	
12	grains . .	1	14	»	
6	grains . .	»	17	»	
1	grain . .	»	2	10	

20 Karats $\frac{16}{32}$.

	liv.	sols.	den.
1 Marc. . . .	670	3	6
1 once. . .	83	15	5
1 gros. . .	10	9	5
12 grains . .	1	14	10

21 Karats.

	liv.	sols.	den.
1 Marc . .	686	10	5
4 onces . .	343	5	2
2 onces . .	171	12	7
1 once . .	85	16	3
4 gros. . .	42	18	1
2 gros. . .	21	9	»
1 gros. . .	10	14	6
1 denier. .	3	11	6
12 grains . .	1	15	9
6 grains . .	»	17	10
1 grain . .	»	2	11

21 Karats $\frac{16}{32}$.

	liv.	ſols.	den.
1 Marc . .	702	17	4
1 once. . .	87	17	2
1 gros. . .	10	19	7
12 grains . .	1	16	7

22 Karats.

	liv.	ſols.	den.	
1 Marc . .	719	4	3	$\frac{606}{694}$es.
4 onces . .	359	12	1	
2 onces . .	179	16	»	
1 once . .	89	18	»	
4 gros. . .	44	19	»	
2 gros. . .	22	9	6	
1 gros. . .	11	4	9	
1 denier. .	3	14	11	
12 grains . .	1	17	5	
6 grains . .	»	18	8	
1 grain . .	»	3	1	

22 Karats $\frac{16}{32}$.

	liv.	sols.	den.
1 Marc . .	735	11	2
1 once . .	91	18	10
1 gros. . .	11	9	10
12 grains . .	1	18	3

23 Karats.

	liv.	sols.	den.	
1 Marc . .	751	18	1	$\frac{602}{694}$es.
4 onces . .	375	19	»	
2 onces . .	187	19	6	
1 once . .	93	19	9	
4 gros. . .	46	19	10	
2 gros. . .	23	9	11	
1 gros. . .	11	14	11	
1 denier. .	3	18	3	
12 grains . .	1	19	1	
6 grains . .	»	19	6	
1 grain. . .	»	3	3	

23 Karats $\frac{16}{32}$.

		liv.	sols.	den.
1	Marc . .	768	5	»
1	once. . .	96	»	6
1	gros. . .	12	»	»
12	grains . .	2	»	»

24 Karats.

		liv.	sols.	den.	
1	Marc . .	784	11	11	$\frac{598}{694}$es.
4	onces . .	392	5	11	
2	onces . .	196	2	11	
1	once . .	98	1	5	
4	gros. . .	49	»	8	
2	gros. . .	24	10	4	
1	gros. . .	12	5	2	
1	denier. .	4	1	8	
12	grains . .	2	»	10	
6	grains . .	1	»	5	
1	grain. . .	»	3	4	

ÉVALUATION

des trente-deuxiémes d'Or fin.

Sur le pied de 784 l. 11 f. 11 d. $\frac{598}{694}$ es. le Marc.

	liv.	fols.	den.	
1 Marc vaut	1	»	5	$\frac{130}{694}$ es.
4 onces . .	»	10	2	
2 onces . .	»	5	1	
1 once. . .	»	2	6	
4 gros . . .	»	1	3	
2 gros. . .	»	»	7	
1 gros . . .	»	»	3	
1 denier. .	»	»	1	

2 Trente-deuxiémes.

	liv.	fols.	den.	
1 Marc . .	2	»	10	$\frac{260}{694}$ es.

	liv.	sols.	den.
4 onces . .	1	»	5
2 onces . .	»	10	2
1 once. . .	»	5	1
4 gros . . .	»	2	6
2 gros . . .	»	1	3
1 gros . . .	»	»	7
1 denier . .	»	»	2
12 grains . .	»	»	1

3 Trente-deuxiémes.

	liv.	sols.	den.
1 Marc . .	3	1	3
4 onces . .	1	10	7
2 onces . .	»	15	3
1 once. . .	»	7	7
4 gros . . .	»	3	9
2 gros . . .	»	1	10
1 gros . . .	»	»	11
1 denier . .	»	»	3
12 grains . .	»	»	1

4 Trente-deuxiémes.

	liv.	ſols.	den.	
1 Marc . . .	4	1	8	$\frac{520}{694}$ es.
4 onces . .	2	»	10	
2 onces . .	1	»	5	
1 once. . .	»	10	2	
4 gros. . .	»	5	1	
2 gros. . .	»	2	6	
1 gros . . .	»	1	3	
1 denier. .	»	»	5	
12 grains . .	»	»	2	
6 grains . .	»	»	1	

5 Trente-deuxiémes.

	liv.	ſols.	den.	
1 Marc . .	5	2	1	$\frac{650}{694}$ es.
4 onces . .	2	11	»	
2 onces . .	1	5	6	
1 once . .	»	12	9	
4 gros. . .	»	6	4	
2 gros. . .	»	3	2	

	liv.	sols.	den.
1 gros . . .	»	1	7
1 denier . .	»	»	6
12 grains . .	»	»	3
6 grains . .	»	»	1

6 Trente-deuxiémes.

	liv.	sols.	den.	
1 Marc . .	6	2	7	$\frac{86}{694}$ es
4 onces . .	3	1	3	
2 onces . .	1	10	7	
1 once . .	»	15	3	
4 gros . . .	»	7	7	
2 gros . . .	»	3	9	
1 gros . . .	»	1	10	
1 denier . .	»	»	7	
12 grains . .	»	»	3	
6 grains . .	»	»	1	

7 Trente-deuxiémes.

	liv.	sols.	den.	
1 Marc . .	7	3	»	$\frac{216}{694}$ es
4 onces . .	3	11	6	

	liv.	sols.	den.
2 onces . .	1	15	9
1 once. . .	„	17	10
4 gros . . .	„	8	11
2 gros . . .	„	4	5
1 gros . . .	„	2	2
1 denier . .	„	„	8
12 grains . .	„	„	4
6 grains . .	„	„	2

---

8 Trente - deuxiémes.

	liv.	sols.	den.	
1 Marc . .	8	3	5	$\frac{346}{694}$ esa
4 onces . .	4	1	8	
2 onces . .	2	„	10	
1 once . .	1	„	5	
4 gros. . .	„	10	2	
2 gros. . .	„	5	1	
1 gros. . .	„	2	6	
1 denier. .	„	„	10	
12 grains . .	„	„	5	
6 grains . .	„	„	2	

9 Trente-deuxiémes.

		liv.	ſols.	den.	
1	Marc . .	9	3	10	$\frac{676\text{es}}{694}$
4	onces . .	4	11	11	
2	onces . .	2	5	11	
1	once . . .	1	2	11	
4	gros . . .	,,	11	5	
2	gros . . .	,,	5	8	
1	gros . . .	,,	2	10	
1	denier . . .	,,	,,	11	
12	grains . .	,,	,,	5	
6	grains . .	,,	,,	2	

10 Trente-deuxiémes.

		liv.	ſols.	den.	
1	Marc . .	10	4	3	$\frac{606\text{es}}{694}$
4	onces . .	5	2	1	
2	onces . .	2	11	,,	
1	once . .	1	5	6	
4	gros . . .	,,	12	9	
2	gros	,,	6	4	

	liv.	sols.	den.	
1 gros . . .	,,	3	2	
1 denier . .	,,	1	,,	
12 grains . .	,,	,,	6	
6 grains . .	,,	,,	3	

11 Trente - deuxiémes.

	liv.	sols.	den.	
1 Marc . .	11	4	9	$\frac{42}{694}$es.
4 onces . .	5	12	4	
2 onces . .	2	16	2	
1 once . .	1	8	1	
4 gros . . .	,	14	,,	
2 gros . . .	,,	7	,,	
1 gros . . .	,,	3	6	
1 denier . .	,,	1	2	
12 grains . .	,,	,,	7	
6 grains . .	,,	,,	3	

12 Trente - deuxiémes.

	liv.	sols.	den.	
1 Marc . .	12	5	2	$\frac{172}{694}$ès.
4 onces . .	6	2	7	

	livre.	sols.	den.
2 onces . .	3	1	3
1 once. . .	1	10	7
4 gros . . .	,,	15	3
2 gros . . .	,,	7	7
1 gros . . .	,,	3	9
1 denier . .	,,	1	3
12 grains . .	,,	,,	7
6 grains . .	,,	,,	3

---

13 Trente - deuxiémes.

	liv.	sols.	den.	
1 Marc . .	13	5	7	302/694 es.
4 onces . .	6	12	9	
2 onces . .	3	6	4	
1 once . .	1	13	2	
4 gros . . .	,,	16	7	
2 gros . . .	,,	8	3	
1 gros . . .	,,	4	1	
1 denier . .	,,	1	4	
12 grains . .	,,	,,	8	
6 grains . .	,,	,,	4	

14 Trente-deuxiémes.

	liv.	ſols.	den.	
1 Marc . . .	14	6	,,	$\frac{432}{694}$es.
4 onces . .	7	3	,,	
2 onces . .	3	11	6	
1 once . . .	1	15	9	
4 gros	,,	17	10	
2 gros	,,	8	11	
1 gros	,,	4	5	
1 denier . . .	,,	1	5	
12 grains . .	,,	,,	8	
6 grains . .	,,	,,	4	

15 Trente-deuxiémes.

	liv.	ſols.	den.	
1 Marc . . .	15	6	5	$\frac{562}{694}$es.
4 onces . .	7	13	2	
2 onces . .	3	16	7	
1 once . . .	1	18	3	
4 gros . . .	,,	19	1	
2 gros	,,	9	6	

	liv.	sols.	den.	
1 gros . . .	,,	4	9	
1 denier . .	,,	1	7	
12 grains . .	,,	,,	9	
6 grains . .	,,	,,	4	

16 Trente - deuxiémes.

	liv.	sols.	den.	
1 Marc . .	16	6	10	$\frac{692}{694}$ es.
4 onces . .	8	3	5	
2 onces . .	4	1	8	
1 once . .	2	,,	10	
4 gros. . .	1	,,	5	
2 gros . . .	,,	19	2	
1 gros . . .	,,	5	1	
1 denier . .	,,	1	8	
12 grains . .	,,	,,	10	
6 grains . .	,,	,,	5	

17 Trente - deuxiémes.

	liv.	sols.	den.	
1 Marc . . .	17	7	4	$\frac{128}{694}$ es.
4 onces . . .	8	13	8	

	liv.	sols.	den.
2 onces . .	4	6	10
1 once. . .	2	3	5
4 gros. . .	1	1	8
2 gros. . .	»	10	10
1 gros. . .	»	5	5
1 denier . .	»	1	9
12 grains . .	»	»	10
6 grains . .	»	»	5

---

18 Trente - deuxiémes.

	liv.	sols.	den.	
1 Marc . .	18	7	9	$\frac{258}{694}$es.
4 onces . .	9	3	10	
2 onces . .	4	11	11	
1 once . .	2	5	11	
4 gros. . .	1	2	11	
2 gros. . .	»	11	5	
1 gros. . .	»	5	8	
1 denier. .	»	1	10	
12 grains . .	»	»	11	
6 grains . .	»	»	5	

19 Trente-deuxiémes.

		liv.	ſols.	den.	
1	Marc . .	19	8	2	$\frac{388}{694}$es.
4	onces . .	9	14	1	
2	onces . .	4	17	»	
1	once . .	2	8	6	
4	gros . . .	1	4	3	
2	gros . . .	»	12	1	
1	gros . . .	»	6	»	
1	denier . .	»	2	»	
12	grains . .	»	1	»	
6	grains . .	»	»	6	
1	grain . .	»	»	1	

20 Trente-deuxiémes.

		liv.	ſols.	den.	
1	Marc . .	20	8	7	$\frac{518}{694}$es.
4	onces . .	10	4	3	
2	onces . .	5	2	1	
1	once . .	2	11	»	
4	gros . . .	1	5	6	

	liv.	fols.	den.
2 gros . . .	»	12	9
1 gros . . .	»	6	4
1 denier . .	»	2	1
12 grains . .	»	1	»
6 grains . .	»	»	6
1 grain. . .	»	»	1

---

21 Trente-deuxiémes.

	liv.	fols.	den.	
1 Marc . .	21	9	»	648es. / 694
4 onces . .	10	14	6	
2 onces . .	5	7	3	
1 once. . .	2	13	7	
4 gros . . .	1	6	9	
2 gros . . .	»	13	4	
1 gros . . .	»	6	8	
1 denier . .	»	2	2	
12 grains . .	»	1	1	
6 grains . .	»	»	6	
1 grain. . .	»	»	1	

22 Trente-deuxiémes.

		liv.	ſols.	den.	
1	Marc . .	22	9	6	84/694 es
4	onces . .	11	4	9	
2	onces . .	5	12	4	
1	once. . .	2	16	2	
4	gros . . .	1	8	1	
2	gros . . .	»	14	»	
1	gros . . .	»	7	»	
1	denier . .	»	2	4	
12	grains . .	»	1	2	
6	grains . .	»	»	7	
1	grain . .	»	»	1	

23 Trente-deuxiémes.

		liv.	ſols.	den.	
1	Marc . .	23	9	11	214/694 es
4	onces . .	11	14	11	
2	onces . .	5	17	5	
1	once. . .	2	18	8	

4 gros

	liv.	sols.	den.
4 gros . . .	1	9	4
2 gros . . .	»	14	8
1 gros . . .	»	7	4
1 denier . .	»	2	5
12 grains . .	»	1	2
6 grains . .	»	»	7
1 grain. . .	»	»	1

---

24 Trente-deuxiémes.

	liv.	sols.	den.	
1 Marc . .	24	10	4	$\frac{344}{694}$
4 onçes . .	12	5	2	
2 onces . .	6	2	7	
1 once . .	3	1	3	
4 gros . . .	1	10	7	
2 gros . . .	»	15	3	
1 gros . . .	»	7	7	
1 denier . .	»	2	6	
12 grains . .	»	1	3	
6 grains . .	»	»	7	
1 grain. . .	»	»	1	

25 Trente-deuxiémes.

	liv.	sols.	den.	
1 Marc . .	25	10	9	$\frac{474}{694}$ es.
4 onces . .	12	15	4	
2 onces . .	6	7	8	
1 once. . .	3	3	10	
4 gros . . .	1	11	11	
2 gros . . .	»	15	11	
1 gros . . .	»	7	11	
1 denier . .	»	2	7	
12 grains . .	»	1	3	
6 grains . .	»	»	7	
1 grain . .	»	»	1	

26 Trente-deuxiémes.

	liv.	sols.	den.	
1 Marc . .	26	11	2	$\frac{604}{694}$ es.
4 onces . .	13	5	7	
2 onces . .	6	12	9	
1 once. . .	3	6	4	

	liv.	sols.	den.
4 gros . . .	1	13	2
2 gros . . .	»	16	7
1 gros . . .	»	8	3
1 denier . .	»	2	9
12 grains . .	»	1	4
6 grains . .	»	»	8
1 grain . . .	»	»	1

---

27 Trente-deuxiémes.

	liv.	sols.	den.	
1 Marc . .	27	11	8	$\frac{40}{694}$ és.
4 onces . .	13	15	10	
2 onces . .	6	17	11	
1 once . . .	3	8	11	
4 gros . . .	1	14	5	
2 gros . . .	»	17	2	
1 gros . . .	»	8	7	
1 denier . .	»	2	10	
12 grains . .	»	1	5	
6 grains . .	»	»	8	
1 grain . . .	»	»	1	

28 Trente-deuxiémes.

	liv.	ſols.	den.	
1 Marc . .	28	12	1	$\frac{170}{694}$es.
4 onces . .	14	6	»	
2 onces . .	7	3	»	
1 once . .	3	11	6	
4 gros. . .	1	15	9	
2 gros. . .	»	17	10	
1 gros. . .	»	8	11	
1 denier . .	»	2	11	
12 grains . .	»	1	5	
6 grains . .	»	»	8	
1 grnin. . .	»	»	1	

29 Trente-deuxiémes.

	liv.	ſols.	den.	
1 Marc . .	29	12	6	$\frac{300}{694}$es.
4 onces . .	14	16	3	
2 onces . .	7	8	1	
1 once . .	3	14	»	
4 gros. . .	1	17	»	

	liv.	sols.	den.
2 gros. . .	»	18	6
1 gros. . .	»	9	3
1 denier. .	»	3	1
12 grains . .	»	1	6
6 grains . .	»	»	9
1 grain. . .	»	»	1

---

30 Trente-deuxiémes.

	liv.	sols.	den.	
1 Marc . .	30	12	11	$\frac{430}{694}$es.
4 onces . .	15	6	5	
2 onces . .	7	13	2	
1 once. . .	3	16	7	
4 gros. . .	1	18	3	
2 gros. . .	»	19	1	
1 gros . . .	»	9	6	
1 denier. .	»	3	2	
12 grains . .	»	1	7	
6 grains . .	»	»	9	
1 grain. . .	»	»	1	

31 Trente-deuxiémes.

	liv.	ſols.	den.	
1 Marc . .	31	13	4	560/694
4 onces . .	15	16	8	
2 onces . .	7	18	4	
1 once . .	3	19	2	
4 gros . . .	1	19	7	
2 gros . . .	»	19	9	
1 gros . . .	»	9	10	
1 denier . .	»	3	3	
12 grains . .	»	1	7	
6 grains . .	»	»	9	
1 grain. . .	»	»	1	

32 Trente-deuxiémes *ou* un Karat,

Page 35.

ESPÉCES D'ARGENT.

11 deniers 19 grains.

Gros Écus du Palatinat.

	liv.	sols.	den.	
1 Marc . .	52	10	8	36/261es.
4 onces . .	26	5	4	
2 onces . .	13	2	8	
1 once . .	6	11	4	
4 gros . . .	3	5	8	
2 gros . . .	1	12	10	
1 gros . . .	„	16	5	
1 denier . .	„	5	5	
12 grains . .	„	2	8	
6 grains . .	„	1	4	
1 grain. . .	„	„	2	

11 Deniers 17 Grains.

Gros Écus de Nassau-Weilbourg.

	liv.	sols.	den.	
1 Marc . .	52	3	3	9/261es.

	liv.	sols.	den.
4 onces . .	26	1	7
2 onces . .	13	„	9
1 once . .	6	10	4
4 gros . . .	3	5	2
2 gros . . .	1	12	7
1 gros . . .	„	16	3
1 denier . .	„	5	5
12 grains . .	„	2	8
6 grains . .	„	1	4
1 grain. . .	„	„	2

---

11 Deniers 10 Grains.

Jettons de France, & Roupies de Pondichery.

	liv.	sols.	den.	
1 Marc . .	50	17	3	$\frac{45}{261}$ es.
4 onces . .	25	8	7	
2 onces . .	12	14	3	
1 once . . .	6	7	1	
4 gros . . .	3	3	6	
2 gros . . .	1	11	9	

	liv.	sols.	den.
1 gros . . .	„	15	10
1 denier . .	„	5	3
12 grains . .	„	2	7
6 grains . .	„	1	3
1 grain. . .	„	„	2

---

11 Deniers 9 Grains.

Vaisselle plate, de Paris, & Roupies du Mogol.

	liv.	sols.	den.	
1 Marc . .	50	13	6	$\frac{162}{261}$ es.
4 onces . .	25	6	9	
2 onces . .	12	13	4	
1 once. . .	6	6	8	
4 gros . . .	3	3	4	
2 gros . . .	1	11	8	
1 gros . . .	„	15	10	
1 denier . .	„	5	3	
12 grains . .	„	2	7	
6 grains . .	„	1	3	
1 grain. . .	„	„	2	

11 Deniers 8 Grains.

Vaisselle plate soudée, de Paris, & Roupies de Madras.

	liv.	sols.	den.	
1 Marc . .	50	9	10	$\frac{18}{261}$es.
4 onces . .	25	4	11	
2 onces . .	12	12	5	
1 once . .	6	6	2	
4 gros . . .	3	3	1	
2 gros . . .	1	11	6	
1 gros . . .	„	15	9	
1 denier . .	„	5	3	
12 grains . .	„	2	7	
6 grains . .	„	1	3	
1 grain. . .	„	„	2	

11 Deniers 7 Grains.

Roupies d'Arcate des Indes.

	liv.	sols.	den.	
1 Marc . .	50	6	1	$\frac{135}{261}$es.

	liv.	sols.	den.
4 onces . .	25	3	,,
2 onces . .	12	11	6
1 once . .	6	5	9
4 gros. . .	3	2	10
2 gros. . .	1	11	5
1 gros. . .	,,	15	8
1 denier. .	,,	5	2
12 grains . .	,,	2	7
6 grains . .	,,	1	3
1 grain. . .	,,	,,	2

---

11 Deniers 6 Grains.

Vaiſſelle montée, de Paris, & Philippe de Milan.

	liv.	ſols.	den.
1 Marc . .	50	2	4 $\frac{252}{261}$e[illegible]
4 onces . .	25	1	2
2 onces . .	12	10	7
1 once . .	6	5	3
4 gros. . .	3	2	7
2 gros. . .	1	11	3

	liv.	sols.	den.
1 gros . . .	»	15	7
1 denier . .	»	5	2
12 grains . .	»	2	7
6 grains . .	»	1	3
1 grain. . .	»	»	2

---

11 Deniers 5 Grains.

Vaisselle plate, de Province.

	liv.	sols.	den.	
1 Marc . . .	49	18	8	108 es / 261
4 onces . . .	24	19	4	
2 onces . . .	12	9	8	
1 once . . .	6	4	10	
4 gros . . .	3	2	5	
2 gros . . .	1	11	2	
1 gros . . .	»	15	7	
1 denier . .	»	5	2	
12 grains . .	»	2	7	
6 grains . .	»	1	3	
1 grain . .	»	»	2	

11 deniers 3 grains.

Vaiſſelle plate ſoudée, & Vaiſſelle montée, de Province.

	liv.	ſols.	den.	
1 Marc . .	49	11	3	$\frac{81}{261}$ es.
4 onces . .	24	15	7	
2 onces . .	12	7	9	
1 once . .	6	3	10	
4 gros . .	3	1	11	
2 gros . . .	1	10	11	
1 gros . . .	„	15	5	
1 denier . .	„	5	1	
12 grains . .	„	2	6	
6 grains . .	„	1	3	
1 grain . . .	„	„	2	

11 Deniers 1 Grain.

Couronnes & Schellings d'Angleterre.

	liv.	ſols.	den.	
1 Marc . .	49	3	10	$\frac{54}{261}$ es.

	liv.	sols.	den.
4 onces . .	24	11	11
2 onces . .	12	5	11
1 once . .	6	2	11
4 gros . . .	3	1	5
2 gros . . .	1	10	8
1 gros . . .	»	15	4
1 denier . .	»	5	1
12 grains . .	»	2	6
6 grains . .	»	1	3
1 grain. . .	»	»	2

---

11 Deniers.

Ducatons de Liége.

	liv.	sols.	den.
1 Marc . . .	49	»	1 171/261 es.
4 onces . .	24	10	»
2 onces . .	12	5	»
1 once . . .	6	2	6
4 gros . . .	3	1	3
2 gros . . .	1	10	7

	liv.	sols.	den.
1 gros . . .	„	15	3
1 denier . .	„	5	1
12 grains . .	„	2	6
6 grains . .	„	1	3
1 grain. . .	„	„	2

---

10 Deniers 23 Grains.

Vieux Écus de France, de 8, 9, 10 & 10 $\frac{3}{8}$ au marc.

	liv.	sols.	den.	
1 Marc . .	48	16	5	$\frac{27}{261}$ es.
4 onces . .	24	8	2	
2 onces . .	12	4	1	
1 once. . .	6	2	„	
4 gros . . .	3	1	„	
2 gros . . .	1	10	6	
1 gros . . .	„	15	3	
1 denier . .	„	5	1	
12 grains . .	„	2	6	
6 grains . .	„	1	3	
1 grain. . .	„	„	2	

10 Deniers 22 Grains.

Écus de Banque de Génes.

	liv.	sols.	den.	
1 Marc . .	48	12	8	$\frac{144}{261}$
4 onces . .	24	6	4	
2 onces . .	12	3	2	
1 once . .	6	1	7	
4 gros. . .	3	»	9	
2 gros. . .	1	10	4	
1 gros. . .	»	15	2	
1 denier. .	»	5	»	
12 grains . .	»	2	6	
6 grains .	»	1	3	
1 grain. .	»	»	2	

10 Deniers 21 Grains $\frac{1}{2}$.

Ecus de France, demi-Ecus, Cinquiémes, Dixiémes & Vingtiémes de la fabrication actuelle, hors de cours par l'effacement des empreintes.

	liv.	ſols.	den.	
1 Marc . .	48	10	10	72/261 es
4 onces . .	24	5	5	
2 onces . .	12	2	8	
1 once . .	6	1	4	
4 gros . . .	3	»	8	
2 gros . . .	1	10	4	
1 gros . . .	»	15	2	
1 denier . .	»	5	»	
12 grains . .	»	2	6	
6 grains . .	»	1	3	
1 grain. . .	»	»	2	

---

10 Deniers 21 Grains.

Piaſtres aux deux Globes, Mexico & Sévillanes, Ecus de Rome, & Piéces de huit, de Florence.

	liv.	ſols.	den.
1 Marc . .	48	9	»

	liv.	sols.	den.
4 onces . . .	24	4	6
2 onces . .	12	2	3
1 once . .	6	1	1
4 gros . . .	3	»	6
2 gros . . .	1	10	3
1 gros . . .	»	15	1
1 denier . .	»	5	»
12 grains . .	»	2	6
6 grains . .	»	1	3
1 grain. . .	»	»	2

---

10 Deniers 20 Grains.

Ecus de Piémont.

	liv.	sols.	den.	
1 Marc . .	48	5	2	$\frac{117}{261}$ es.
4 onces . . .	24	2	7	
2 onces . .	12	1	3	
1 once . .	6	»	7	
4 gros . . .	3	»	3	
2 gros . . .	1	10	1	
1 gros . . .	»	15	»	
1 denier . .	»	5	»	

	liv.	sols.	den.
12 grains . .	»	2	6
6 grains . .	»	1	3
1 grain . .	»	»	2

---

10 Deniers 19 Grains.

Ducats de Naples, & Ecus de Suéde.

	liv.	sols.	den.	
1 Marc . .	48	1	6	$\frac{234}{261}$es.
4 onces . .	24	»	9	
2 onces . .	12	»	4	
1 once . .	6	»	2	
4 gros	3	»	1	
2 gros . . .	1	10	»	
1 gros . . .	»	15	»	
1 denier . .	»	5	»	
12 grains . .	»	2	6	
6 grains . .	»	1	3	
1 grain. . .	»	»	2	

10 Deniers 18 Grains.

Creusades de Portugal.

	liv.	sols.	den.	
1 Marc . .	47	17	10	$\frac{90}{261}$ es.
4 onces . .	23	18	11	
2 onces . .	11	19	5	
1 once. . .	5	19	8	
4 gros . . .	2	19	10	
2 gros . . .	1	9	11	
1 gros . . .	»	14	11	
1 denier . .	»	4	11	
12 grains . .	»	2	5	
6 grains . .	»	1	2	
1 grain . .	»	»	2	

10 Deniers 17 Grains.

Piastres à l'Effigie, de la fabrication commencée en 1772.

	liv.	sols.	den.	
1 Marc . .	47	14	1	$\frac{207}{261}$ es.
4 onces . .	23	17	»	

	liv.	sols.	den.
2 onces . .	11	18	6
1 once. . .	5	19	3
4 gros . . .	2	19	7
2 gros . . .	1	9	9
1 gros. . .	»	14	10
1 denier . .	»	4	11
12 grains . .	»	2	5
6 grains . .	»	1	2
1 grain. . .	»	»	2

---

10 Deniers 14 Grains.

Piéces de douze Carlins d'Italie.

	liv.	sols.	den.	
1 Marc . .	47	3	»	36/261 es.
4 onces . .	23	11	6	
2 onces . .	11	15	9	
1 once . .	5	17	10	
4 gros. . .	2	18	11	
2 gros. . .	1	9	5	
1 gros. . .	»	14	8	
1 denier . .	»	4	10	
12 grains . .	»	2	5	

6 grains . .	»	1	2	
1 grain. . .	»	»	2	

10 Deniers 12 Grains.

Ecus de Hanovre & de Hambourg.

	liv.	sols.	den.	
1 Marc . .	46	15	7	$\frac{9}{261}$es.
4 onces . .	23	7	9	
2 onces . .	11	13	10	
1 once . .	5	16	11	
4 gros . . .	2	18	5	
2 gros . . .	1	9	2	
1 gros . . .	»	14	7	
1 denier . .	»	4	10	
12 grains . .	»	2	5	
6 grains . .	»	1	2	
1 grain. . .	»	»	2	

10 Deniers 11 Grains.

Florins d'Autriche.

	liv.	sols.	den.	
1 Marc . .	46	11	10	$\frac{126}{261}$es.

	liv.	sols.	den.
4 onces . .	23	5	11
2 onces . .	11	12	11
1 once . .	5	16	5
4 gros . . .	2	18	2
2 gros . . .	1	9	1
1 gros . . .	»	14	6
1 denier . .	»	4	10
12 grains . .	»	2	5
6 grains . .	»	1	2
1 grain . . .	»	»	2

* 10 Deniers 8 Grains.

Double Ecus de Danemarck.

	liv.	sols.	den.	
1 Marc . .	46	»	8	$\frac{216}{261}$es.
4 onces . .	23	»	4	
2 onces . .	11	10	2	
1 once . . .	5	15	1	
4 gros . . .	2	17	6	
2 gros . . .	1	8	9	
1 gros . . .	»	14	4	
1 denier . .	»	4	9	

	liv.	sols.	den.
12 grains . .	»	2	4
6 grains . .	»	1	2
1 grain. . .	»	»	2

---

10 Deniers 7 Grains.

Ducatons & Ecus de Flandre, & des Pays-bas Autrichiens, Rixdalles de Hollande, & Georgines de Génes.

	liv.	sols.	den.
1 Marc . .	45	17	»
4 onces . .	22	18	6
2 onces . .	11	9	3
1 once. . .	5	14	7
4 gros . . .	2	17	3
2 gros . . .	1	8	7
1 gros . . .	»	14	3
1 denier . .	»	4	9
12 grains . .	»	2	4
6 grains . .	»	1	2
1 grain. . .	»	»	2

10 deniers 2 grains.

Patagons de Genéve.

	liv.	fols.	den.	
1 Marc . .	44	18	5	$\frac{135}{261}$es.
4 onces . .	22	9	2	
2 onces . .	11	4	7	
1 once . .	5	12	3	
4 gros	2	16	1	
2 gros . . .	1	8	„	
1 gros . . .	„	14	„	
1 denier . .	„	4	8	
12 grains . .	„	2	4	
6 grains . .	„	1	2	
1 grain. . .	„	„	2	

9 Deniers 23 Grains.

Ecus de Malte.

	liv.	fols.	den.	
1 Marc . .	44	7	3	$\frac{225}{261}$es.
4 onces . .	22	3	7	

	liv.	sols.	den.
2 onces . .	11	1	9
1 once . .	5	10	10
4 gros . . .	2	15	5
2 gros . . .	1	7	8
1 gros . . .	"	13	10
1 denier . .	"	4	7
12 grains . .	"	2	3
6 grains . .	"	1	1
1 grain. . .	"	"	2

---

9 Deniers 22 Grains.

Ecus de Brunſwich, de Ratisbonne, & Mandouines de Génes.

	liv.	sols.	den.	
1 Marc . .	44	3	7	$\frac{81}{261}$ es.
4 onces . .	22	1	9	
2 onces . .	11	"	10	
1 once . . .	5	10	5	
4 gros . . .	2	15	2	
2 gros . . .	1	7	7	

	liv.	sols.	den.
1 gros . . .	„	13	9
1 denier . .	„	4	7
12 grains . .	„	2	3
6 grains . .	„	1	1
1 grain. . .	„	„	2

---

9 Deniers 21 Grains.

Anciennes Piéces de France, dites de 20 sous, 10 sous & 4 sous ; Rixdalles & Couronnes de Danemarck, & Piéces de douze Tarens de Sicile.

	liv.	sols.	den.	
1 Marc . .	43	19	10	$\frac{198}{261}$ es.
4 onces . .	21	19	11	
2 onces . .	10	19	11	
1 once. . .	5	9	11	
4 gros . . .	2	14	11	
2 gros. . .	1	7	5	
1 gros . . .	„	13	8	

1	denier . .	„	4	6
12	grains . .	„	2	3
6	grains . .	„	1	1
1	grain. . .	„	„	2

---

9 Deniers 20 Grains.

Ecus ou Rixdalles d'Anſpack & de Baviere.

		liv.	ſols.	den.	
1	Marc . .	43	16	1	54/261 es.
4	onces . .	21	18	„	
2	onces . .	10	19	„	
1	once . .	5	9	6	
4	gros. . .	2	14	9	
2	gros. . .	1	7	4	
1	gros. . .	„	13	8	
1	denier . .	„	4	6	
12	grains .	„	2	3	
6	grains .	„	1	1	
1	grain. .	„	„	2	

9 Deniers 18 Grains.

Ducats de Venise.

	liv.	sols.	den.	
1 Marc . . .	43	8	9	$\frac{27}{261}$ es.
4 onces . . .	21	14	4	
2 onces . . .	10	17	2	
1 once . .	5	8	7	
4 gros . . .	2	14	3	
2 gros . . .	1	7	1	
1 gros . . .	„	13	6	
1 denier . .	„	4	6	
12 grains . .	„	2	3	
6 grains . .	„	1	1	
1 grain . . .	„	„	2	

9 Deniers 11 Grains.

Roubles de Russie.

	liv.	sols.	den.	
1 Marc . . .	42	2	9	$\frac{63}{261}$ es.
4 onces . . .	21	1	4	

	liv.	sols.	den.
2 onces . .	10	10	8
1 once . .	5	5	4
4 gros. . .	2	12	8
2 gros. . .	1	6	4
1 gros . . .	„	13	2
1 denier . .	„	4	4
12 grains . .	„	2	2
6 grains . .	„	1	1
1 grain. . .	„	„	2

---

8 Deniers 23 Grains.

Florins de Mayence.

	liv.	sols.	den.	
1 Marc . .	39	18	2	$\frac{162}{261}$es.
4 onces . .	19	19	1	
2 onces . .	9	19	6	
1 once . .	4	19	9	
4 gros . . .	2	9	10	
2 gros . . .	1	4	11	
1 gros . . .	„	12	5	
1 denier . .	„	4	1	

	liv.	sols.	den.
12 grains . .	»	2	»
6 grains . .	»	1	»
1 grain . .	»	»	2

---

8 Deniers 21 Grains.

Florins de Bade-Dourlach.

	liv.	sols.	den.	
1 Marc . .	39	10	9	$\frac{135}{261}$ es.
4 onces . .	19	15	4	
2 onces . .	9	17	8	
1 once . .	4	18	10	
4 gros . . .	2	9	5	
2 gros . . .	1	4	8	
1 gros . . .	»	12	4	
1 denier . .	»	4	1	
12 grains . .	»	2	»	
6 grains . .	»	1	»	
1 grain . . .	»	»	2	

8 Deniers 19 Grains.

Ecus de Lubeck, & Koptuck de Hesse-d'Armstad & de Cologne.

	liv.	sols.	den.	
1 Marc . . .	39	3	4	$\frac{108}{261}$es.
4 onces . .	19	11	8	
2 onces . .	9	15	10	
1 once. . .	4	17	11	
4 gros . . .	2	8	11	
2 gros . . .	1	4	5	
1 gros . . .	»	12	2	
1 denier . .	»	4	»	
12 grains . .	»	2	»	
6 grains . .	»	1	»	
1 grain . . .	»	»	2	

8 Deniers 18 Grains.

Ecus de Bareith.

	liv.	sols.	den.	
1 Marc . . .	38	19	7	$\frac{225}{261}$es.
4 onces . . .	19	9	9	

	liv.	sols.	den.
2 onces . .	9	14	10
1 once. . .	4	17	5
4 gros . . .	2	8	8
2 gros . . .	1	4	4
1 gros. . .	»	12	2
1 denier . .	»	4	»
12 grains . .	»	2	»
6 grains . .	»	1	»
1 grain. . .	»	»	2

7 Deniers 7 Grains.

Florins de Mékelbourg.

	liv.	sols.	den.	
1 Marc . .	32	9	8	144/261 es.
4 onces . .	16	4	10	
2 onces . .	8	2	5	
1 once . .	4	1	2	
4 gros. . .	2	»	7	
2 gros. . .	1	»	3	
1 gros . . .	»	10	1	
1 denier . .	»	3	4	
12 grains . .	»	1	8	

6	grains . .	»	»	10
1	grain. . .	»	»	1

---

6 Deniers 8 Grains.

Piastres de Tunis.

		liv.	sols.	den.	
1	Marc . .	28	4	3	$\frac{225}{261}$es.
4	onces . .	14	2	1	
2	onces . .	7	1	,,	
1	once . .	3	10	6	
4	gros. . .	1	15	3	
2	gros. . .	,,	17	7	
1	gros. . .	,,	8	9	
1	denier. .	,,	2	11	
12	grains . .	,,	1	5	
6	grains . .	,,	,,	8	
1	grain. . .	,,	,,	1	

A l'égard des autres matieres & espéces d'argent, elles

feront payées, à proportion de leur titre, fuivant l'évaluation ci-après.

EVALUATION des Deniers de fin Argent.

Sur le pied de 53l. 9f. 2d. $\frac{234}{261}$es. le marc.

---

1 Denier.

	liv.	fols.	den.	
1 Marc . .	4	9	1	$\frac{63}{261}$es.
4 onces . .	2	4	6	
2 onces . .	1	2	3	
1 once . .	»	11	1	
4 gros . . .	»	5	6	
2 gros . . .	»	2	9	
1 gros . . .	»	1	4	
1 denier . .	»	»	5	

2 Deniers.

	liv.	sols.	den.	
1 Marc . .	8	18	2	$\frac{126}{261}$es.
4 onces . .	4	9	1	
2 onces . .	2	4	6	
1 once. . .	1	2	3	
4 gros. . .	»	11	1	
2 gros. . .	»	5	6	
1 gros . . .	»	2	9	
1 denier. .	»	»	11	

3 Deniers.

	liv.	sols.	den.	
1 Marc . .	13	7	3	$\frac{189}{261}$es.
4 onces . .	6	13	7	
2 onces . .	3	6	9	
1 once. . .	1	13	4	
4 gros. . .	»	16	8	
2 gros. . .	»	8	4	
1 gros . . .	»	4	2	
1 denier. .	»	1	4	

4 Deniers.

4 Deniers.

	liv.	ſols.	den.	
1 Marc . .	17	16	4	$\frac{252}{261}$ es.
4 onces . .	8	18	2	
2 onces . .	4	9	1	
1 once . . .	2	4	6	
4 gros . . .	1	2	3	
2 gros . . .	»	11	1	
1 gros . . .	»	5	6	
1 denier . .	»	1	10	

5 Deniers.

	liv.	ſols.	den.	
1 Marc . .	22	5	6	$\frac{54}{261}$ es.
4 onces . .	11	2	9	
2 onces . .	5	11	4	
1 once. . .	2	15	8	
4 gros . . .	1	7	10	
2 gros . . .	»	13	11	
1 gros . . .	»	6	11	
1 denier . .	»	2	3	

6 Deniers.

	liv.	ſols.	den.	
1 Marc . .	26	14	7	$\frac{117}{261}$es.
4 onces . .	13	7	3	
2 onces . .	6	13	7	
1 once . .	3	6	9	
4 gros . . .	1	13	4	
2 gros . . .	,,	16	8	
1 gros . . .	,,	8	4	
1 denier . .	,,	2	9	

7 Deniers.

	liv.	ſols.	den.	
1 Marc . .	31	3	8	$\frac{180}{261}$es.
4 onces . .	15	11	10	
2 onces . .	7	15	11	
1 once . .	3	17	11	
4 gros . . .	1	18	11	
2 gros . . .	,,	19	5	
1 gros . . .	,,	9	8	
1 denier . .	,,	3	2	

8 Deniers.

	liv.	sols.	den.	
1 Marc . .	35	12	9	$\frac{243}{261}$ es.
4 onces . .	17	16	4	
2 onces . .	8	18	2	
1 once . . .	4	9	1	
4 gros . . .	2	4	6	
2 gros . . .	1	2	3	
1 gros . . .	„	11	1	
1 denier . .	„	3	8	

9 Deniers.

	liv.	sols.	den.	
1 Marc . .	40	1	11	$\frac{45}{261}$ es
4 onces . .	20	„	11	
2 onces . .	10	„	5	
1 once . .	5	„	2	
4 gros . . .	2	10	1	
2 gros . . .	1	5	„	
1 gros . . .	„	12	6	
1 denier . .	„	4	2	

10 Deniers.

	liv.	sols.	den.	
1 Marc . .	44	11	„	$\frac{108}{261}$es.
4 onces . .	22	5	6	
2 onces . .	11	2	9	
1 once. . .	5	11	4	
4 gros . . .	2	15	8	
2 gros . . .	1	7	10	
1 gros. . .	»	13	11	
1 denier . .	»	4	7	

11 Deniers.

	liv.	sols.	den.	
1 Marc . .	49	„	1	$\frac{171}{261}$es.
4 onces . .	24	10	„	
2 onces . .	12	5	„	
1 once . .	6	2	6	
4 gros. . .	3	1	3	
2 gros. . .	1	10	7	
1 gros. . .	„	15	3	
1 denier. .	„	5	1	

12 Denier.

	liv.	sols.	den.	
1 Marc . .	53	9	2	$\frac{234}{261}$es.
4 onces . .	26	14	7	
2 onces . .	13	7	3	
1 once . .	6	13	7	
4 gros . . .	3	6	9	
2 gros. . .	1	13	4	
1 gros. . .	„	16	8	
1 denier . .	„	5	6	

EVALUATION

des Grains de fin d'Argent.

Sur le pied de 53l. 9f. 2d. $\frac{234}{261}$es. le marc.

1 Grain.

	liv.	sols.	den.	
1 Marc. . .	„	3	8	$\frac{144}{261}$es.
4 onces . .	„	1	10	
2 onces . .	„	„	11	

1 once. . .	"	"	5	
4 gros . . .	"	"	2	
2 gros . . .	"	"	1	

2 Grains.

	liv.	sols.	den.	
1 Marc. . .	"	7	5	27/261 es
4 onces . .	"	3	8	
2 onces . .	"	1	10	
1 once. . .	"	"	11	
4 gros . . .	"	"	5	
2 gros . . .	"	"	2	
1 gros . . .	"	"	1	

3 Grains.

	liv.	sols.	den.	
1 Marc . .	"	11	1	171/261 es
4 onces . .	"	5	6	
2 onces . .	"	2	9	
1 once. . .	"	1	4	
4 gros . . .	"		8	
2 gros. . .	"		4	
1 gros. . .	"		2	

4 Grains.

	liv.	sols.	den.	
1 Marc. . . .	"	14	10	$\frac{54}{261}$ es.
4 onces . .	"	7	5	
2 onces . .	"	3	8	
1 once. . .	"	1	10	
4 gros . . .	"	"	11	
2 gros . . .	"	"	5	
1 gros . . .	"	"	2	

5 Grains.

	liv.	sols.	den.	
1 Marc. . .	"	18	6	$\frac{198}{261}$ es.
4 onces . .	"	9	3	
2 onces . .	"	4	7	
1 once. . .	"	2	3	
4 gros . . .	"	1	1	
2 gros . . .	"	"	6	
1 gros . . .	"	"	3	
1 denier . .	"	"	1	

6 Grains.

	liv.	sols.	den.	
1 Marc . .	1	2	3	$\frac{81}{261}$ es.
4 onces . .	„	11	1	
2 onces . .	„	5	6	
1 once. . .	„	2	9	
4 gros . . .	„	1	4	
2 gros . . .	„	„	8	
1 gros . . .	„	„	4	
1 denier . .	„	„	1	

7 Grains.

	liv.	sols.	den.	
1 Marc . .	1	5	11	$\frac{225}{261}$ es.
4 onces . .	„	12	11	
2 onces . .	„	6	5	
1 once. . .	„	3	2	
4 gros . . .	„	1	7	
2 gros . . .	„	„	9	
1 gros . . .	„	„	4	
1 denier . .	„	„	1	

8 Grains.

	liv.	ſols.	den.	
1 Marc . .	1	9	8	$\frac{108}{261}$es.
4 onces . .	,,	14	10	
2 onces . .	,,	7	5	
1 once. . .	,,	3	8	
4 gros . . .	,,	1	10	
2 gros . . .	,,	,,	11	
1 gros . . .	,,	,,	5	
1 denier . .	,,	,,	1	

9 Grains.

	liv.	ſols.	den.	
1 Marc . .	1	13	4	$\frac{252}{261}$es.
4 onces . .	,,	16	8	
2 onces . .	,,	8	4	
1 once. . .	,,	4	2	
4 gros . . .	,,	2	1	
2 gros . . .	,,	1	,,	
1 gros . . .	,,	,,	6	
1 denier . .	,,	,,	2	

10 Grains.

	liv.	ſols.	den.	
1 Marc . .	1	17	1	$\frac{135}{261}$ es.
4 onces . .	,,	18	6	
2 onces . .	,,	9	3	
1 once. . .	,,	4	7	
4 gros . . .	,,	2	3	
2 gros . . .	,,	1	1	
1 gros . . .	,,	,,	6	
1 denier . .	,,	,,	2	

11 Grains.

	liv.	ſols	den.	
1 Marc . .	2	,,	10	$\frac{18}{262}$ es.
4 onces . .	1	,,	5	
2 onces . .	,,	10	2	
1 once. . .	,,	5	1	
4 gros . . .	,,	2	6	
2 gros . . .	,,	1	3	
1 gros . . .	,,	,,	7	
1 denier . .	,,	,,	2	

12 Grains.

	liv.	ſols.	den.	
1 Marc . .	2	4	6	$\frac{162}{261}$ es.
4 onces . .	1	2	3	
2 onces . .	,,	11	,,	
1 once . . .	,,	5	6	
4 gros . . .	,,	2	9	
2 gros . . .	,,	1	4	
1 gros . . .	,,	,,	8	
1 denier . .	,,	,,	2	

13 Grains.

	liv.	ſols	den.	
1 Marc . .	2	8	3	$\frac{45}{261}$ es.
4 onces . .	1	4	1	
2 onces . .	,,	12	,,	
1 once . . .	,,	6	,,	
4 gros . . .	,,	3	,,	
2 gros . . .	,,	1	6	
1 gros . . .	,,	,,	9	
1 denier . .	,,	,,	3	

14 Grains.

	liv.	sols.	den.	
1 Marc . .	2	11	11	$\frac{189}{261}$es.
4 onces . .	1	5	11	
2 onces . .	„	12	11	
1 once . .	„	6	5	
4 gros . . .	„	3	2	
2 gros . . .	„	1	7	
1 gros . . .	„	„	9	
1 denier . .	„	„	3	

15 Grains.

	liv.	sols.	den.	
1 Marc . .	2	15	8	$\frac{72}{261}$es.
4 onces . .	1	7	10	
2 onces . .	„	13	11	
1 once . . .	„	6	11	
4 gros . . .	„	3	5	
2 gros . . .	„	1	8	
1 gros . . .	„	„	10	
1 denier . .	„	„	3	

16 Grains.

	liv.	sols.	den.	
1 Marc. . .	2	19	4	216/261 es.
4 onces . .	1	9	8	
2 onces . .	„	14	10	
1 once. . .	„	7	5	
4 gros . . .	„	3	8	
2 gros . . .	„	1	10	
1 gros . . .	„	„	11	
1 denier . .	„	„	3	

17 Grains.

	liv.	sols.	den.	
1 Marc. . .	3	3	1	99/261 es.
4 onces . .	1	11	6	
2 onces . .	„	15	9	
1 once. . .	„	7	10	
4 gros . . .	„	3	11	
2 gros . . .	„	1	11	
1 gros . . .	„	„	11	
1 denier . .	„	„	3	

18 Grains.

	liv.	sols.	den.	
1 Marc . .	3	6	9	$\frac{243}{261}$es
4 onces . .	1	13	4	
2 onces . .	,,	16	8	
1 once. . .	,,	8	4	
4 gros . . .	,,	4	2	
2 gros . . .	,,	2	1	
1 gros . . .	,,	1	,,	
1 denier . .	,,	,,	4	

19 Grains.

	liv.	sols.	den.	
1 Marc . .	3	10	6	$\frac{126}{261}$es
4 onces . .	1	15	3	
2 onces . .	,,	17	7	
1 once. . .	,,	8	9	
4 gros . . .	,,	4	4	
2 gros . . .	,,	2	2	
1 gros . . .	,,	1	1	
1 denier . .	,,	,,	4	

20 Grains.

	liv.	ſols.	den.	
1 Marc . .	3	14	2	$\frac{9}{261}$es.
4 onces . .	1	17	1	
2 onces . .	„	18	6	
1 once. . .	„	9	3	
4 gros . . .	„	4	7	
2 gros . . .	„	2	3	
1 gros . . .	„	1	1	
1 denier . .	„	„	4	

21 Grains.

	liv.	ſols	den.	
1 Marc . .	3	17	11	$\frac{153}{261}$es.
4 onces . .	1	18	11	
2 onces . .	„	19	5	
1 once. . .	„	9	8	
4 gros . . .	„	4	10	
2 gros . . .	„	2	5	
1 gros . . .	„	1	2	
1 denier . .	„	„	4	

22 Grains.

		liv.	sols.	den.	
1	Marc . .	4	1	8	$\frac{36}{261}$ es.
4	onces . .	2	„	10	
2	onces . .	1	„	5	
1	once. . .	„	10	2	
4	gros . . .	„	5	1	
2	gros . . .	„	2	6	
1	gros . . .	„	1	3	
1	denier . .	„	„	5	

23 Grains.

		liv.	sols.	den.	
1	Marc . .	4	5	4	$\frac{180}{261}$ es.
4	onces . .	2	2	8	
2	onces . .	1	1	4	
1	once. . .	„	10	8	
4	gros . . .	„	5	4	
2	gros . . .	„	2	8	
1	gros . . .	„	1	4	
1	denier . .	„	„	5	

24 Grains ou 1 Denier. *Page* 107.

FAIT & arrêté au Conseil d'Etat du Roi, Sa Majesté y étant, tenu à Versailles le quinziéme jour de Mai mil sept cent soixante-treize. *Signé*, PHELYPEAUX.

Enrégistré au Greffe de la Cour, ouï, ce requérant De Goyenval, Substitut du Procureur-Général du Roi, pour être exécuté selon sa forme & teneur; & copies collationnées d'icelui envoyées dans tous les Siéges des Monnoies, pour y être pareillement enrégistré & exécuté selon sa forme & teneur: Enjoint aux Substituts du Procureur-Général du Roi d'y tenir la main, & d'en certifier la Cour au mois, à la charge de réitérer ledit enrégistrement au lendemain de Saint Martin, suivant l'Arrêt de ce jour. FAIT en la Cour des Monnoies, en vacations, le vingtiéme jour d'Octobre mil sept cent soixante-treize. Signé, *D'HOTEL.*

LETTRES-PATENTES.

LOUIS, par la grace de Dieu, Roi de France & de Navarre : A nos amés & féaux Conseillers les gens tenant notre Cour des Monnoies; SALUT. Nous vous mandons & ordonnons par ces présentes signées de notre main, que le Tarif dont expédition est ci-attachée ſous le contre-ſcel de notre Chancellerie, arrêté en notre Conſeil, nous y étant, le quinze Mai dernier, vous ayez à faire régiſtrer, & le contenu en icelui garder & exécuter ſelon ſa forme & teneur : CAR TEL EST NOTRE PLAISIR. Donné à Verſailles le cinquiéme jour de Septembre, l'an de grace mil ſept cent ſoixante-treize, & de notre régne le cinquante-neuviéme. *Signé*, LOUIS. *Et plus bas*, Par le Roi. *Signé*, PHELYPEAUX. Et ſcellé du grand ſceau de cire jaune.

Enrégiſtrées au Greffe de la Cour, ouï, ce requérant De Goyenval, Subſtitut du Procureur-Général du Roi, pour être exécutées ſelon leur forme & teneur ; & copies collationnées d'icelles envoyées à la diligence du Procureur-Général du Roi dans tous les Siéges des Monnoies, pour y être pareillement enrégiſtrées & exécutées ſelon leur forme & teneur : Enjoint aux Subſtituts du Procureur-Général du Roi eſdits Siéges d'y tenir la main, & d'en certifier la Cour au mois ; à la charge de réitérer ledit enrégiſtrement au lendemain de Saint-Martin, ſuivant l'Arrêt de ce jour. FAIT en la Cour des Monnoies, en vacations, le vingtiéme jour d'Octobre mil ſept cent ſoixante-treize.

Signé, *D'HOTEL*.

www.ingramcontent.com/pod-product-compliance
Ingram Content Group UK Ltd.
Pitfield, Milton Keynes, MK11 3LW, UK
UKHW021926230726
13925UKWH00007B/968